这是我

59个孩子
和我的一天

这是我的名字

和　马特·拉莫特　著

感谢大家

这本书能够顺利完成，离不开我的亲朋好友的帮助。他们投入了大量的时间和精力，帮助我寻找书中的这些孩子。感谢所有人，尤其要感谢同意孩子参与本书创作的父母们。

我还要感谢安娜·罗斯林·伦隆德创立的 Dollar Street 项目(www.gapminder.org/dollar-street)，以及名单中了不起的摄影师们。感谢他们提供的摄影作品，让我们有机会了解世界各地的人们的生活。

摄影师名单 （来自 Dollar Street 项目）

约翰·埃里克松：曼尼帕夏（这就是我），罗米娜（这是我的宠物），凯泽（这是我的宠物+我的家庭照）

伊尔莎·克莱克斯：马拉尔（这就是我+我的家庭照）

莫阿·卡尔伯格：艾达（这就是我），普拉塔那（这是我的家）

佐里亚·米勒：凯文（这就是我），富兰克林（这是我家窗外的风景），扎卡里亚（这是我的出行方式），基耶姆贝凯佐（这是我的午餐），卡里姆（我家是这样做饭的），麦克莱恩、麦克德西德和马克斯米伦（我家是这样做饭的）

乔纳森·泰勒：塔纳波恩（这是我的家人），鲁茸德吉（这是我的出行方式）

甘卜·阿卡什：宾杜拉尼（这是我的家人）

埃曼·乔马：穆罕默德（这是我的宠物）

卢克·福赛思：卡洛（这是我的家+我的家庭照），孔达龙（我家是这样做饭的），苏萨德（这是我的家），侯赛因一家（这是我的出行方式）

阿莉萨·西多连科：库德里亚绍夫一家（这是我的家）

康斯坦丁·西古利斯：罗伯茨（这是我的出行方式）

维克特里希亚·蒙茨：库莉（这是我的午餐）

亚历山大·舍费尔等：海伦娜（我家是这样做饭的）

此外，衷心感谢我的编辑阿里尔·理查森，他那富有创造性的见解让我获益良多。还要感谢 Chronicle 团队对细节的把控和对品质的追求。

图书在版编目（CIP）数据

59个孩子和我的一天 / （美）马特·拉莫特著；俞至诚译. — 成都：成都时代出版社，2022.11
ISBN 978-7-5464-3074-4

Ⅰ. ①5… Ⅱ. ①马… ②俞… Ⅲ. ①儿童故事—图画故事—美国—现代 Ⅳ. ①I712.85

中国版本图书馆CIP数据核字(2022)第122817号

本书中文简体版权归属于银杏树下（北京）图书有限责任公司

著作权合同登记号：图进字21-2022-217
审图号：GS 京（2022）0700 号
本书插图均为外版原书中的插图。

59个孩子和我的一天
59 GE HAIZI HE WO DE YI TIAN

作　者：〔美〕马特·拉莫特
译　者：俞至诚
出品人：达　海
选题策划：北京浪花朵朵文化传播有限公司
出版统筹：吴兴元　　　　　编辑统筹：冉华蓉
责任编辑：黄　英　　　　　责任校对：阚朝阳
责任印制：车　夫　　　　　特约编辑：张　妍
营销推广：ONEBOOK　　　装帧制造：墨白空间·唐志永
出版发行：成都时代出版社
电　话：（028）86742352（编辑部）
　　　　　（028）86763285（市场营销部）
印　刷：河北中科印刷科技发展有限公司
开　本：889毫米×1194毫米　1/16
印　张：2.75
字　数：34千字
版　次：2022年11月第1版
印　次：2022年11月第1次印刷
书　号：ISBN 978-7-5464-3074-4
定　价：52.00元

官方微博：@浪花朵朵童书
读者服务：reader@hinabook.com 188-1142-1266
投稿服务：onebook@hinabook.com 133-6637-2326
直销服务：buy@hinabook.com 133-6657-3072

后浪出版咨询(北京)有限责任公司　版权所有，侵权必究
投诉信箱：copyright@hinabook.com fawu@hinabook.com
未经许可，不得以任何方式复制或者抄袭本书部分或全部内容
本书若有印刷、装帧质量问题，请与本公司联系调换，电话010-64072833

→

荷 兰

列维在属于自己的房间里醒来。他的床是他叔叔小时候用过的。他身上盖着一床被子。到了夏天，他会把被芯取出来，只留下被套，这样就不会太热了。

59个孩子
和我的一天

浪花朵朵

[美] 马特·拉莫特 著

俞至诚 译

成都时代出版社
CHENGDU TIMES PRESS

蒙古

马拉尔今年7岁。

瑞典

艾达今年10岁。

玻利维亚

凯文今年6岁。

卢旺达

曼尼帕夏今年13岁。

这就是我

我的名字叫＿＿＿＿＿＿＿＿＿＿＿＿＿＿＿＿。

我今年＿＿＿＿＿＿＿岁。

我这样写"你好"

我是用＿＿＿＿＿＿＿＿语写的。

中国
在汉语中，"你好"是这样书写的。

你好

Jambo

肯尼亚
在斯瓦希里语中，"你好"是Jambo，读音类似"詹姆伯"。

Привіт

乌克兰
在乌克兰语中，"你好"是Привіт，读Pryvit，类似"普拉伊维特"。

以色列

在希伯来语中，"你好"是 שלום，读Shalom，类似"夏隆"。它是从右往左书写的。

שלום

埃塞俄比亚

在阿姆哈拉语中，"你好"是 እው ሰላም ነው，读Iwi selami newi，类似"依维 沙拉米 尼维"。

እው ሰላም ነው

السلام عليكم

伊拉克

在阿拉伯语中，أسلم عليكم 是常用的问候语，读Assalam Alaikum，类似"俄瑟兰姆阿雷空"。它的意思是"平安与你同在"。

Χαίρετε

希腊

在希腊语中，"你好"是Χαίρετε，读Chairete，类似"谢里特"。

秘鲁

奈泽尔和他的妈妈索菲亚、爸爸以赛亚、哥哥瑞巴多、弟弟埃贝尔、妹妹内达住在一起。他还有四个哥哥姐姐，他们没有和他住在一起。

美国

西蒙和他的爸爸瑞曼、爸爸的朋友戴维，还有弟弟泽维尔住在一起。

孟加拉国

宾杜拉尼和他的妈妈萨巴特里拉尼、哥哥洛雄、妹妹乌塔姆住在一起。

泰国

塔纳波恩和他的奶奶玛尼女士、爷爷拉迈、姐姐波纳帕特住在一起。

这是我的家人

我和_____

_____住在一起。

这是我的宠物

(或是我想养的宠物)

我的宠物是＿＿＿＿＿＿＿＿＿＿＿＿＿＿＿＿＿＿＿＿＿＿＿。

它（们）的名字叫＿＿＿＿＿＿＿＿＿＿＿＿＿＿＿＿＿＿＿＿＿。

巴布亚新几内亚

罗米娜和她的家人
在自家的农场里养猪。

巴勒斯坦

穆罕默德有一只黑白相间的
猫,他每天都会抚摩它。

美国

奥黛丽养了一只
浅蓝色的长尾鹦鹉,
它叫珠儿。

卢旺达

凯泽有一只宠物
小兔,她和同住的两
个表弟、阿姨、姨夫
一起照顾小兔。

菲律宾

卡洛的家是由家人和朋友帮忙建造的。这栋房子坐落在塔克洛班市的郊区。

哈萨克斯坦

过去的21年里，库德里亚绍夫一家住在哈萨克斯坦北部的这栋六层公寓楼里。

坦桑尼亚

普拉塔那的爸爸在港口城市达累斯萨拉姆的一所大学工作。他们住在大学提供的一套两居室房子里。

尼泊尔

苏萨德和她的爸爸妈妈住在首都加德满都的一栋五居室房子里。

这是我的家

我住在＿＿＿＿＿＿＿＿＿＿＿＿＿＿＿＿＿＿＿＿＿＿＿＿＿＿＿＿＿＿＿＿＿＿＿＿＿（建筑）。

它位于＿＿＿＿＿＿＿＿＿＿（国家）的＿＿＿＿＿＿＿＿＿＿（市、县、乡镇等）。

这是我家窗外的风景

透过我家的窗户，我能看见＿＿＿＿＿＿＿＿＿＿＿＿＿＿＿＿＿＿＿

＿＿＿＿＿＿＿＿＿＿＿＿＿＿＿＿，听见＿＿＿＿＿＿＿＿＿＿＿＿＿＿＿＿＿。

玻利维亚

富兰克林和他的兄弟姐妹向窗外
眺望，看到了扩张中的拉巴斯市。那
里的建筑鳞次栉比，与远方白雪皑皑
的山脉相接。

法 国

诺亚的家在斯特拉斯堡。
打开二楼的窗户，诺亚可以看
到他家的菜园、柯尼希斯霍芬
区的圣保罗教堂和一块犹太人
墓地。

俄罗斯

奥列格上学的时候要穿黑西装、白衬衫，还要打领带，不过他可以自己挑选袜子。

印 度

不上学的时候，纳维娅喜欢穿短袖上衣和楞哈（一种能盖住她的拖鞋的长裙）。楞哈是一位朋友送给她的生日礼物。

斐 济

赛鲁西穿着苏禄裙（一种一片式裹身裙），上衣是印花纽扣衬衫和汗衫，都要扎进苏禄裙里。他平时是赤脚走路的。

这是我穿的衣服

我经常穿_____

_____。

这是我的早餐

我早餐经常吃_____

_____，喝_____。

墨西哥

黄美莉的早餐是炒鸡蛋配甜菜，上面加了墨西哥酸奶酪，旁边是豆子和仙人掌，配着番茄莎莎酱和墨西哥玉米薄饼一起吃。她还喝了巧克力玉米粥（用热牛奶和玉米粉糊调制成的）。

韩 国

嘉允早餐吃了酱牛肉配米饭、卤蛋和炒蕨菜，还喝了海鲜汤和水。

英 国

西恩娜早餐吃了一片麦芽面包（一种甜面包）和一块甜瓜，喝了一杯牛奶。她还服用了维生素。

布基纳法索

扎卡里亚和他的哥哥们最喜欢骑自行车出去逛。他们家还有一辆摩托车。

拉脱维亚

罗伯茨的爸爸妈妈开着一辆红色面包车，在自家农场和城镇间往返。他们在农场里养了山羊和鸡。

中 国

鲁茸德吉和他的妈妈、外婆住在一起。他们一家都是农民，平时开着一辆摩托车改装的三轮车出行。

孟加拉国

侯赛因家里有一辆CNG三轮车（用压缩天然气做动力）。爸爸穆罕默德就是用这辆车谋生的，他还梦想有一天能买一辆新车。

这是我的出行方式

如果去附近转转，我会_____出行。

如果要出远门，我会_____出行。

这是我的教室

我们班一共有＿＿＿＿＿＿＿＿＿＿＿＿＿名学生。

我们学习＿＿＿＿＿＿＿＿＿＿＿＿＿＿＿＿＿＿＿＿＿＿＿＿＿（学科名称）。

我最喜欢的学科是＿＿＿＿＿＿＿＿＿＿＿＿＿。

斐济

鲁奇的班里有30名学生。女生穿蓝色连衣裙，男生穿白衬衫和苏禄裙。他们学习数学、英语、斐济语、社会、科学和健康。运动时间，他们会打英式橄榄球和无挡板篮球。

日本

惠和她的同学在教室里穿白色便鞋，每天轮流打扫教室卫生。她们有道德课，还有算数、理科和日语课。

坦桑尼亚

约瑟夫叫他的老师"贝姬夫人"。她已经教了9年书。

美 国

布莱思叫他的老师"纽瑟姆女士"。她已经教了11年书。

秘 鲁

瑞巴多叫他的老师"佩德罗教授"。他已经教了26年书。

乌拉圭

卡伦叫她的老师"玛丽安娜拉老师"。她已经教了20多年书。

这是我的老师

我叫我的老师_____。

他/她已经教了_____年书。

这是我的午餐

我午餐经常吃＿＿＿＿＿＿＿＿＿＿＿＿＿＿＿＿＿＿＿＿＿

＿＿＿＿＿＿＿，喝＿＿＿＿＿＿＿＿＿＿＿＿＿＿＿＿＿＿。

我用的餐具是＿＿＿＿＿＿＿＿＿＿＿＿＿＿＿＿＿＿＿＿＿。

越南

厍莉的午餐有炒鸡蛋、空心菜、米饭和水。她是用筷子吃饭的。

德国

夏洛特的午餐有炸碎牛肉配土豆、黄瓜沙拉和水。她是用刀和叉子吃饭的。

巴西

玛丽安娜的午餐有碎牛肉炒胡萝卜和玉米、米饭、土豆、鹌鹑蛋，还有橙汁。她是用勺子和叉子吃饭的。

马拉维

基耶姆贝凯佐的午餐有希玛（一种用浓稠的玉米糊做的煎饼）、水煮绿叶蔬菜和水。他是用双手吃饭的。

这是我们当地的水果/蔬菜

_____
是我们当地常见的一种
水果/蔬菜。

印度尼西亚

蛇皮果是印度尼西亚很受欢迎的一种小零食。要先剥下像蛇皮一样的鳞片状果皮，再吃里面的果肉。

秘鲁

酢浆薯是一种块茎作物，生长在安第斯山脉一带，吃起来像柠檬味土豆。它有许多种不同的颜色。

安哥拉

火参果，也叫刺角瓜或非洲角黄瓜，原产地是撒哈拉以南非洲。它绿色的黏糊糊的瓤尝起来像黄瓜，随着它逐渐成熟，味道会越来越甜。

爱尔兰

掌状红皮藻是一种红色海藻，生长在北冰洋的北部海岸和北大西洋海岸。在爱尔兰西海岸，人们会把它晒干，做成零食。

墨西哥

梨果仙人掌，生长在墨西哥的各个地方。把仙人掌上的刺去掉后，人们可以生吃或者烧熟了吃。

挪 威

云莓，生长在气候寒冷的北极沼泽地区，并不是人工种植的，人们只能去野外采摘。

马来西亚

红毛丹是一种在东南亚种植的热带水果。它的名字来自马来语中的"头发"。

伊朗

奇恩和他的朋友们在家附近的马场骑马。

卢旺达

瑞恩和达琳跟爸爸去酒店的
游泳池游泳。他们每周去两次。

这是我的休闲活动

我和_____在_____

一起玩_____。

这是我做的家务活

我会帮忙做_____

_____。

俄罗斯

每个星期天的上午，安东会和他的弟弟阿尔特米、妹妹阿梅莉亚一起准备奥拉迪（一种又小又厚的俄罗斯传统煎饼）。

韩国

淑恩会帮大人晾衣服，等衣服干了之后再叠起来。

墨西哥

博斯科给菜园里的植物浇水。

乌干达

晚上10点左右，达夫妮和她的哥哥、妈妈、女佣坐在大木桌前吃晚餐。他们的晚餐有马托基（用一种不甜的香蕉做成的饭）、花生酱和牛奶。

柬埔寨

晚上7点左右，维普和他的哥哥、弟弟、妈妈、爸爸在金属餐桌上吃晚餐。他们吃红咖喱汤、香鱼、酸甜酱拌菜，饭后还会吃橙子。

这是我家的晚餐

晚上_____点，我和_____一起吃晚餐。

我们晚餐经常吃_____

_____，喝_____。

哥伦比亚

玛格达莱姆和她的爸爸妈妈在砖砌的炉子上做饭。他们每星期都要花很多时间捡烧炉子用的柴火。

突尼斯

卡里姆和他的家人用煤气炉做饭。他们接下来想买一台冰箱。

津巴布韦

麦克莱恩和他的家人——两个哥哥麦克德西德和马克斯米伦,还有爸爸妈妈——在户外用砖砌的炉灶烧柴做饭。

我家是
这样
做饭的

我家用＿＿＿＿＿＿＿＿＿＿＿＿＿做饭。

柬埔寨

孔达龙和他的两个弟弟、妈妈
用便携式燃气灶做饭。

巴西

海伦娜和她父母家的厨房里有一
个煤气炉。他们还有微波炉和烤箱。

这是我晚上的休闲活动

吃完晚饭，我会_____

_____。

澳大利亚

特薇拉和她的宠物兔子
蒲公英柳树蓝一起玩耍。

以色列

亚龙和他的弟弟拉
维夫一起练习弹吉他。

意大利

罗密欧和他的爸爸
一起制作汽车模型。

加拿大

埃弗里和她的妹妹萨迪
在床上读她们最喜欢的书。

这是我最喜欢的书

我最喜欢的书是

_____

_____。

这本书的作者是

_____

_____。

ぐりとぐら

《こどものとも》傑作集

なかがわりえこ と おおむらゆりこ

日 本

《古利和古拉》是"古利和古拉"系列绘本的第一本。这个系列讲述了一对田鼠兄弟的故事，作者和绘者分别是中川李枝子、山胁百合子。在第一个故事里，田鼠们发现了一个好大好大的大鸡蛋，决定把它做成一个从早吃到晚都吃不完的大蛋糕。

瑞 典

《姆咪和大洪水》，作者是托芙·扬松。这是9本姆咪系列童话中的第一本，讲述了长得很像河马的姆咪家族的故事。

加 纳

《索苏的呼唤》，作者是米沙克·阿萨尔，讲述了一个不能走路的残疾小男孩的故事。当暴风雨来袭时，索苏用鼓声发出警报，挽救了村庄。

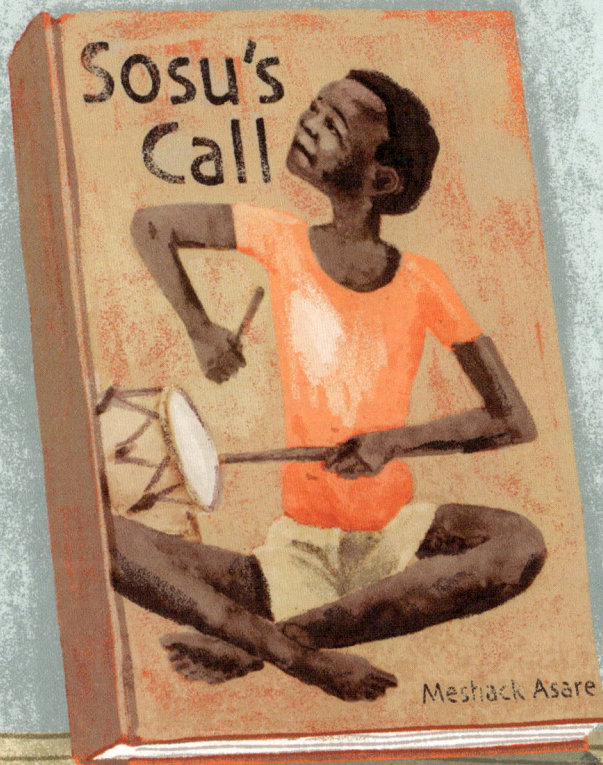

TOVE JANSSON

SMÅTROLLEN
OCH DEN
STORA ÖVERSVÄMNINGEN

Sosu's Call

Meshack Asare

伊 朗

《小黑鱼》，作者是萨玛德·贝赫朗吉。故事里的小黑鱼勇敢地游出自己生活的水池，去探索远方更广阔的世界。

乌拉圭

阿里亚德娜睡在妹妹旁边的床上。妹妹不喜欢一个人睡觉，经常爬到她的床上，和她一起睡。

西班牙

米罗和爸爸妈妈一起睡在大床上，他睡在爸爸和妈妈中间。晚上8点到9点，他会先上床睡觉。

印度尼西亚

埃洛伊丝睡在一张大木床上。她睡觉时不盖毯子，而是抱着长条抱枕。晚上10点是她上床的时间。

日本

奈绪睡在地板上的日式床垫上，旁边是她的姐姐。

这是我睡觉的地方

我睡觉的时间是＿＿＿＿＿＿＿＿＿＿＿＿＿＿＿＿＿＿＿。

我睡在＿＿＿＿＿＿＿＿＿＿＿＿＿＿＿＿＿＿＿＿＿＿＿。

明信片

　　即使你和远方的亲友正在仰望同一轮明月，你也可以用这本书里的明信片和他们保持联系。当然，你也可以把明信片寄给一位笔友，甚至寄给这本书的作者。如果你正在寻找与世界各地的孩子交流的优秀资源，请访问下列网站：

www.thisishowwedoitbook.com

贴　纸

　　使用贴纸装饰明信片或这本书的内页。

地　图

　　使用折叠地图来寻找这本书里提到的国家或地区。

HELLO

来自 _____

在每一个字母上，画出在你眼中世界的特别之处。

我们
相见时
的一道
甜点

你最喜欢的甜点是什么？画一道你想和他人分享的甜点吧。

来自 _____ 的问候。

画一画你所在的地方，它在日落或者日出时是什么样子的？

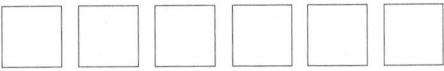

寄件人
我

收件人
你

当我们

在一起时

下雨天！

最喜欢的

我一直在
找寻你！

在左边画上你自己，在右边画上将会收到你的明信片的人。

你最喜欢什么季节？画一画你（和你的亲友们）在最喜欢的季节做的一项活动。

在望远镜里画出这张明信片将要寄到的地方。

《59个孩子和我的一天》

浪花朵朵

《59个孩子和我的一天》

浪花朵朵

《59个孩子和我的一天》

浪花朵朵

我的行李
已经
打包完毕
我随时
准备
出发

我心中 的你

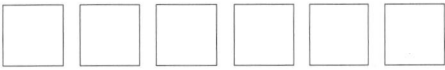

《59个孩子和我的一天》

浪花朵朵

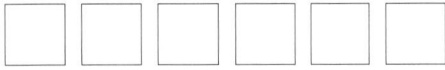

《59个孩子和我的一天》

浪花朵朵

《59个孩子和我的一天》

浪花朵朵

作者的话

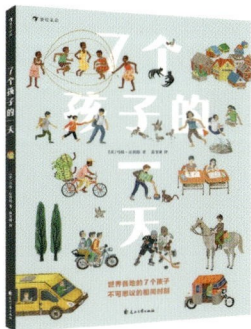

《7个孩子的一天》出版以后，我收到了读者乔丁的一封电子邮件。乔丁是一名志愿者，最近前往斐济群岛服务，在旅途中购买了这本书。她教的斐济孩子非常喜欢这本书，还用图画和文字创作了属于他们自己的版本。通过电子邮件，乔丁把孩子们制作的精美小书的照片发给了我。看到这本书鼓励着孩子们记录自己的生活，并和远在千里之外的我分享，真是令人感动。是这些孩子给了我灵感，促使我创作了《59个孩子和我的一天》。

为了创作这本书，我联系了来自几十个国家的真实家庭。针对一天中的某个特定部分，我邀请他们拍摄照片、回答问题，并且根据照片绘制了这本书里的插图。除了这些家庭，我还在 Dollar Street 网站上找到了更多家庭。这个绝妙的项目是安娜·罗斯林·伦隆德创建的。这个免费的网站上有来自世界各地的500多个家庭的照片，还分类编目了他们生活的各种信息：从居住的房屋到屋顶和前门的样式，从出行方式到使用的牙刷种类等等。多亏了这个不可思议的工具，我才能接触到更多家庭，如果单凭自己的力量，我不太可能找到他们，更不太可能和他们交流。也是因为它，我才认识了居住在偏远地区、不会说英语的人，认识了不能上网、没有数码相机的人，并且把他们写进这本书里。

《59个孩子和我的一天》展现了59个真实存在的孩子，记录了他们一天的生活。书里还留下了空白页面，让你把一天中经历的事情写下来、画出来，和书里其他孩子的生活做对照。当你翻阅这本书时，你就会发现自己和他们的"同"与"不同"。你可能和来自卢旺达的凯泽养着相同的宠物，却和来自韩国的嘉允吃着完全不一样的早餐。嘉允吃的早餐可能是传统食物，当地人也经常会吃；也可能只是嘉允自己的选择，她的朋友和家人并没有特别喜欢。毕竟世界上的每个人都是独一无二的。

这本互动书可以记录下你此刻的生活，几年后再翻看，你应该会觉得十分有趣。当你老了、头发变得灰白的时候，也许这本书会带你回到童年的这一天，就像翻开相册里的老照片，或是打开了穿越时空的胶囊。

在制作这本书的过程中，我了解到不同孩子的生活。与孩子们的家人联络是一件非常有趣的事，我在书里附上了一些明信片，希望能将这份快乐传递下去：你会画一幅画或是写几句话，然后寄给我吗？但愿这些明信片也能让你和他人产生美好的联结。

马特·拉莫特

Matt Lamothe

你的地图

用这张地图标记你居住过、游览过的地方，还有那些你想去的地方。

作者住在这里

美国，华盛顿州，怀特萨蒙市

我住过的地方

我的家人住过的地方